沒有你的日子

失戀告白情書，寫給你心中的歐巴

作者／李殷佑　　繪者／南達理

肚子餓……

《給失戀患者的Menu》

彷彿初冬裡首次登場、超誘人的**小火鍋**

主客顛倒，外皮比肉多的**炸雞排**

像**關東煮**那樣百搭的最佳拍檔

吃幾次虧都不厭倦的**辣炒雞丁**

絕對戒不掉的滾燙**咖啡**

總是捨不得丟的**飲料優惠券**

留下的只有體重和疹子的**不良食品**

牙齒凍到發顫也拋不下的**ICE CREAM**

只是**垃圾**

和你分手後

時間沒有開始流逝

反而成為難熬的東西

混蛋

核廢料

小氣鬼

怎麼會有這種人

最好是滿臉長痘癢到死！

你這麼壞你媽知道嗎？

拉圾！

超級討厭

花心大蘿蔔

煩死了！啃！

講什麼鬼話！

※笨蛋

八卦個鬼

飯吃一半吞筷子吧

壞蛋

等你真的是很浪費時間的事

不可回收的

死肥豬♡

煩人精

討厭鬼

垃圾

神經病

你死定了！

囉哩八嗦的煩死人

不憐惜也沒關係
我期盼著你會施予好意
而在你身邊徘徊

就像地球繞著太陽轉
月亮繞著地球轉一樣
我就是離不開你身邊
就算我們已經離別

你仍是我的宇宙
一如以往

約翰藍儂在小野洋子的藝廊裡
爬上高高的梯子
最後找到一串
yes

聽説是這句話帶來的溫暖願望
讓兩人開始交往

這梯子的頂端
為我們準備的那句話
不可能是「離別」

望遠鏡那頭備妥的文字
再怎麼殘敗渺小
一定會是另一個yes

我們重新開始好嗎？
YES

瘋・也・似・地

匡・噹・匡・噹

奮・力・跳・著

這是我想的……
是啊，只是我的想法而已。

原本神應該給人
毫無缺陷
又圓又光滑
滿月般白皙的心臟

直到遇見了他
那個命中註定的人
原本平靜而沉穩的心臟
突然像顆小學文具店裡賣的橡皮球

瘋・也・似・地
匡・噹・匡・噹
奮・力・跳・著

原本渾圓的心臟
咣噹咣噹撞上胸骨
撲通撲通撞上肋骨
中間很快便出現裂痕，一分為二
白皙的血管因為跳躍得太過用力
鼓脹成鮮紅色，活蹦亂跳的血管一一浮現

無論是哪個偉大的神創造了我
無論別人怎麼說
現在我的心臟
就是為你打造的
一個你

只為你跳動

一位得過諾貝爾獎的作家曾說過：
「我們在岔路上猶豫而錯過的無數選擇
都將成為各自的平行宇宙，發展不同的人生。」

即便猶豫著搭不搭眼前這班車，最終錯過
另一個我也會搭上這輛車，在這輛車所開展的另一個世界活下去吧？

令人厭惡或無所用心的神 「呼——」地吹了口氣
就吹出了雨水般許許多多類似的宇宙
人們只是踏上名為「選擇」的宇宙艦艇
尋找其他雨點大的宇宙探險罷了

沒有選擇你的那片宇宙是什麼地方？
我想那裡應該連一草一木都沒有
比沙漠還要荒涼吧？
感覺就像在無心的人手上度過大半冬日的春天花盆
徹底枯竭了吧？

謝謝！

能感受到太陽溫暖而燦爛的照耀
都是因為
你把那多彩玲瓏的宇宙送給了我

我的失憶女友
新娘百分百
如果能再愛一次
K歌情人
戀夏500日
真愛挑日子
真愛每一天
生命中的美好缺憾
曼哈頓戀習曲

.
.
.

就算不記得故事大綱
就算搞不清楚主角是誰
我們在一點都不危險的黑暗場所
吃著香脆的爆米花
安分地待在你身旁……
那手牽著手互相依偎的時光
怎麼這麼歷歷在目！

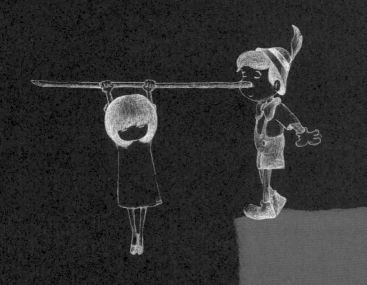

是啊，我是説謊精
冷的時候説沒事
累的時候也説沒關係
因為你很珍貴
因為我愛你

我不曾期待誠實的你
拜託為我成為騙子吧！
讓我聽見你説我很珍貴〔就算是謊言也沒關係〕
讓我聽見你愛我〔就算是謊言也無所謂〕

只要現在説的這句「分手吧」是謊言
那其他所有的謊我都能欣然接受
並且衷心感謝

那女人
和你一起去過的咖啡店，咖啡濃而不酸
那是我在電視劇上看到，問了好多人才找到的店喏！
和你一起吃過，味道一點也不腥的烤豬腸
那是我每天走在烤豬腸街，繞了好幾次才選出來的店
你送她的手機殼
是我沿著停車場那一排排店家
翻來找去，只差沒掀翻店面才找到的寶物
和你放假時去過的民宿
是我在網路上找到眼睛都痛了
好不容易加入會員才知道的私房景點
所以我一眼就能認出部落格上秀出的靠枕套
你做給她的起司年糕
一定是照著我從雜誌剪下的食譜做的，我可以跟你賭！

既然我是你的戀愛導師
教師節的時候送朵康乃馨來吧
雖然我想收到的不是康乃馨這種表達感謝的花……

呿！

「我有話想對你説……」

剛開始交往的時候
和最後分開的時候
你都說了一樣的話
對吧？

「說吧！」

「還是算了」

「說吧！」

「還是算了」

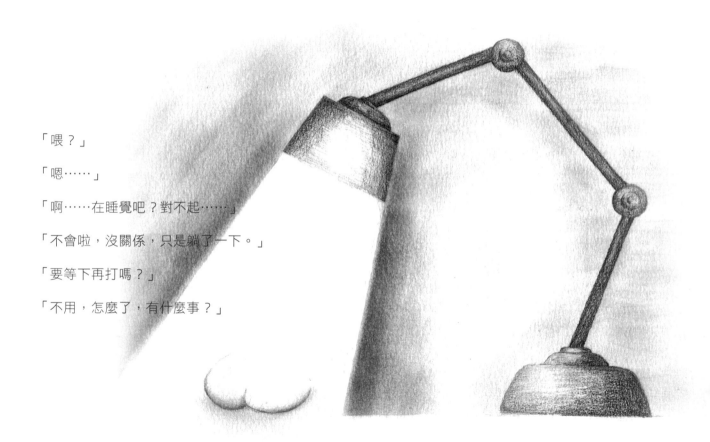

「喂？」

「嗯……」

「啊……在睡覺吧？對不起……」

「不會啦，沒關係，只是躺了一下。」

「要等下再打嗎？」

「不用，怎麼了，有什麼事？」

不管在什麼時候

沒有任何一刻，你在我心中不是排第一

我想變成有錢人了

不要把我想得太俗氣
幾年前，只要一打開電視
不是常會聽到打招呼般的呼籲，要大家「一起成為有錢人」嗎？
那時我也想變成有錢人，還想了好多可能
但不管怎麼想
只要沒有中樂透
我就沒有賺大錢的機會
更可笑的是
我連樂透都沒有買
因為知道那只是平白浪費錢而已

要讓我成為有錢人，有一個既現實又聰明的辦法
那就是像犧牲自己性命去保護水壩的荷蘭少年一樣
把我錢包上那個會掉錢的洞
死命地堵住

讓我做個可悲的預言吧
我敢保證，近期內我的收入不會增加
也就是說
減少支出就是我目前的最佳對策

我，迷上你了

突如其來

深深地

可悲的是
戀愛就像錢包
滿滿的愛總有一天會枯竭
變得窮困

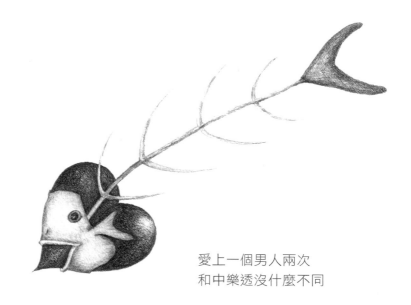

愛上一個男人兩次
和中樂透沒什麼不同

不那麼煩，不那麼常吵架
我們最好是把愛省著點用

在耳際這個溫暖的洞穴上
似乎掛上了比
蜻蜓翅膀
屋簷下的蜘蛛網
工匠打造的綢緞
還要薄的窗簾
一直朝著你的方向而開
想要把你的蹤跡
牢牢且深刻地裝在耳裡

但
耳朵卻沒辦法照我的心意隨便關上
非要讓我完完整整聽完你的告別

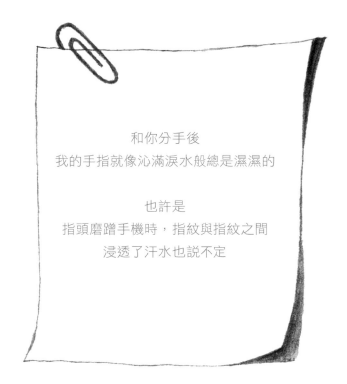

和你分手後
我的手指就像沁滿淚水般總是濕濕的

也許是
指頭磨蹭手機時，指紋與指紋之間
浸透了汗水也說不定

我不曉得，你會在我們最後一次見面的那天
說那句話

那時我不明白你的心意
也不明白即將到來的離別
還在鏡子前逗留了一個多小時梳妝打扮
感覺好白痴

你大概會忘記吧！

但如果可以
請記住在那之前
我美好的那一面吧！

雖然心仍然很疼
但那也會成為珍貴的安慰

那天……

彷彿始終在腦海中飄蕩著

回頭看那天的回憶

幸好沒有像今天的我一樣

既悲慘又心煩意亂

那時什麼都不知道

只是努力打扮，想在你面前成為最漂亮的那一個

這件事真是做對了

因為若在分手的記憶裡狼狽登場

豈不是更令人心痛？

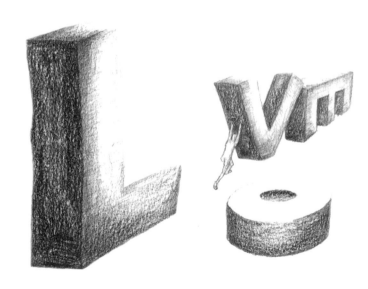

「喔，對不起。」

「我説了，對不起！」

「所以説，我不是道歉了嗎？」

「等你氣消的時候再打電話給我。」

你一次也不曾對我説過對不起
別把試圖逃離困境的卑鄙舉動
錯當為道歉

至少　**在三天內**　不要吃、不要睡，用力悲傷

然後　**在一週內**　喝掉比我為了你流的淚還多好幾倍的酒

　　　　　　　　使勁糟蹋你手掌大的錢包和肝

　　　在一個月內　偶然在路上撞見熟悉的Ｔ恤

　　　　　　　　因為洗髮精的香味而想起我，紅一陣眼眶

　　　在三個月內　去一個信用卡額度內能去得起的遠方

　　　　　　　　徹徹底底感受沒有我的世界有多孤獨

最少　**在六個月內**　把世界上一半都是女生的統計視為謊言

　　　　　　　　把沒有我的半個世界當成先天缺乏Y染色體的病人⋯⋯

最後　**過了一年以後**　── 我無法允許，連少一天也不行，這件事 ──

　　　　　　　　現在允許你和其他女生交往

　　　　　　　　但那女生必須比我矮、比我沒胸、比我小氣

　　　　　　　　收入還要比我少

　　　　　　　　比我多的只有體重

　　　　　　　　那是我唯一可以讓步的事

　　　　　　　　還有，那女人再怎麼嬌媚

　　　　　　　　在你的床前仍會僵硬成木頭

　　　　　　　　你也不要太深陷在那女人的懷抱

　　　　　　　　雖然分手了

　　　　　　　　至少也為我的愛留點面子

這是我的叮嚀，也是詛咒

P.S. 啊，還有你和她的下一代
會跟她長得一模一樣
這點也別忘了

希望能有一個開關
頭頂？太陽穴？還是耳垂？
愈來愈希望那些部位出現一個喀擦就關掉的
長方形開關
能關掉被我的思緒弄得隱隱作痛的頭

喀擦

不知什麼時候開始
把手指放進嘴裡啃咬
變成是我想你的習慣動作

從沒照過陽光的
粉紅色指甲肉上
不知不覺浮現如裂痕般細微的血管

指甲下

好脆弱

好麻

好痛

沒關係

很快就好了

很快就沒事了

自從小我三歲的弟弟出生後
媽媽就變了

我和弟弟同時跌倒時
媽媽只為強忍住眼淚的我
拍拍屁股上的灰
假裝嚎啕大哭的弟弟
卻得到媽媽的呼呼

我好委屈、好難過

別在我面前掛念那女人
我不是不痛、不是不會哭
現在的我可是比小時候委屈百倍、難過千倍

要吃什麼？
　　泡菜鍋

要喝什麼？
　　美式咖啡

想去哪裡？
　　棒球場

　　　　　　·
　　　　　　·
　　　　　　·

因為那些都是你喜歡的

現在該吃什麼、該去哪裡、又該喝什麼呢？

我已經被馴服了

被你
·
·
·

雖然沒有愛，年紀仍會增長
但若沒有離別，我們就不會長大

青春期時一年長高10.5公分的弟弟
常常夢見從高處落下的夢
後來真的突然抽高，在小腿上留下一條條生長紋

每天晚上哭到臉頰腫脹泛紅
黑眼圈黑得不輸棒球選手的遮陽眼膏
打起精神吧！

這是當然的

我可是正在長大呢！

你
根本不怎樣
雖然我現在才說

你
一直
不怎樣

就算想多給一點分數，大概也只有80分吧？
你這種的，可能只排在四五名左右

還有，既然已經老實說了
就再
多說一個吧

你

超
小的

我用盡心機
裝作不會

你也努力裝作很會
辛苦了

以後如果還有機會偶遇
就互相說聲辛苦了
握個手
拍拍對方的肩吧！

不然……願意的話
High Five一下也是可以的

我會改，我會變
我好像已經被啃蝕殆盡、支離破碎
好難過……
但最難過的還是
我們的愛已碎裂、破敗
永遠毀滅了

還不如去死呢

那我就原諒你

如果你死了

說不定我偶爾會覺得傷感

亦或想念

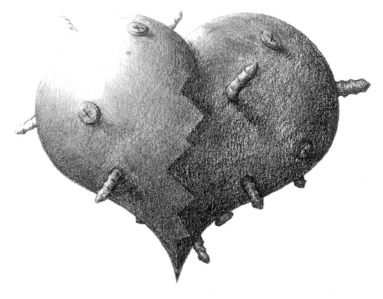

真丟臉

明明被拋下、明明被摧毀
還是時不時會思念

後悔了

我來承受那個罪
一樣痛苦也沒關係
每次被撕碎的時候
就重新縫補
讓它變得比原本的更美更好

一　　　　　　　　年
　　三　　　　　個月
　　一　　　　個月
　　半　　　個月
　　三　　天
　　　一天
　　　　·
　　　　·
　　　　·

我相信有神存在，也正和祂協商中
要祂把這件事變成從未發生
我怎敢有此期望？
但是
我仍賭上自己
向祂乞討著
我們分手的寬限期

無賴！
不如老實說是玩膩了吧！
看上別的女生
你說是你不配，是我太可惜
你說你愛我，說是對不起才離開
但我可是為了抹去你的這個理由
一直找著……
我缺了什麼
你又多了什麼

最後
看到你身旁的女人
我才總算懂了

無賴！
大壞蛋！
你騙來了我們的愛
甚至

連我們分手的理由都要騙

雖然未必是個真誠的人

但至少能做到分手時誠實吧

質量守恆定律

質量守恆定律〔Law of mass conservation〕
係指物質即便因為化學反應而產生質變，但其物質反應前後的
所有質量仍為一致、永遠維持定量的法則。1774年由拉瓦節
（Lavoisier,AL.）發現，成為近代科學的基礎。

相似語 質量不變法則、質能守恆定律
物質不滅法則、物質不生不滅法
物質保存原則

例句
▶ 質量守恆定律顯示：物質不滅或無中生有的現象皆不可能存在。

過去不會無故消失
我對你投注的心意
相信一定會原封不動留在某處

即使你隨手拋開
但就像拉瓦節説的一樣
那份心意一定被保存在什麼地方

在那份心意的質量被徹底磨損耗盡為止
就算看上去有點纏人、有點丟臉
但還是會毅然決然、堂堂正正地折磨你
因為那是我對你的心意還沒過期前的
最後權利

問我好不好？嗯～就那樣啊⋯⋯

不會～心意到就好，謝謝！

嗯嗯，這個嘛～酒就不用了，不然喝個茶好了

嗯～沒關係。是嗎？可能就那樣吧，沒什麼

是啊，再聯絡吧，掰掰

在忍耐而已，不是不煎熬

只是看起來無所謂

其實內心一點都不好

世界上所有動物
從生到死的心跳數
早已經被註定好了

噗嗚嗚嗚 通嗡嗡嗡
所以心臟跳得比較慢的大象

噗通 噗通 噗通 噗通
才會看似比心臟跳得比較快的兔子
活得久

2012.11~
2013.02

無論是和誰相戀
為那人準備的眼淚份量
好像也是一開始就決定好的

非要哭到雙眼皮都像化了妝般紅腫
非要哭到睫毛都沁滿眼淚、糾結在一起
眼淚像珠子般落滿地
一直到眼淚份量都流光見底
我和你的愛
才能默默了結

希望一切趕快過去

「我們，留一點思考的時間給彼此吧。」

▶ 我們：「我」的複數形，指與該對象之間有認同感。

▶ 一點：有點、暫時。

▶ ～吧：勸誘文的語尾助詞。

例句：我們，留一點思考的時間給彼此吧。
（解釋：你，滾得遠遠吧。）

不要說「我們」

也不要說「留一點」

更不要說「留一點……吧」

你到早上才回來的吧……

　不，其實才剛醒不久

　啊，我好像還暈倒了説……

嗯，兩次左右？

　嗯，到那邊我還記得，就是去完廁所之後

你昨天是喝多了

　對啊……我也知道

　噢，不要突然大吼嘛！頭好痛！

嗯？有發票呢！

　欸，怎麼沒有攔我一下……我什麼時候去結帳的？

　好吧……算了，難怪摸口袋時好像有沙沙聲

　還以為是衛生紙，居然是發票，啊～～討厭！

算了……我可能也覺得大醉不醒反而是好事吧

啊⋯⋯

我怎麼又打電話了！

嗯⋯⋯
不是吧⋯⋯
看了通話記錄是我打的沒錯
對，就說是真的
是我打的真的沒錯
唉，我是智障嗎？分不清楚發送和接聽嗎？

瘋了吧 |

不是這樣吧……

我好像戒不掉

真的戒不掉

不是酒……

是打電話……給那個人

我不會刪掉那個人的電話的
刪掉的話，萬一真的……忘記他的電話怎麼辦？
那樣就像真的分手了啊！
知道啦！
我也知道已經分手了！我知道，所以別再説了

意識清楚的時候是做不了
但就算拿酒當藉口
也想聽聽他的聲音，那又怎樣了嗎？
就是要這樣喝了酒打通電話
我才像是活著嘛……不然要我怎麼辦？

哎喲……也是啦
嗯…謝謝你也對不起，每次都……
嗯嗯……再約見面吧
嗯，再見

嘟嘟

你不是我的第一次
說真的，也不是第二次
因為第三以後的數字都
沒什麼意義，Pass

你裝作很會，其實都是笨拙的
裝模作樣
相較之下，我熟練的羞澀感
卻不是錯覺

但對於我的虛情假意
我絕不悔改

至少

我在

你之後

沒跟任何人睡過

為了用新的愛治療
被愛劃出的傷口
於是用盡心機，趕緊見了新的人

傷口已順利結疤長新肉
卻讓另一個不明所以的人
受傷了

如果想讓跌倒時受傷的膝蓋好好癒合、不留傷疤
在坑坑疤疤的傷口完全癒合前
在傷口長出新肉前
總得死命地忍住搔癢

（如果真的忍不了）
就用拇指在傷口旁
按十字
來抑制搔癢
就是要這麼拚命忍耐著
才能讓膝蓋恢復原樣

意思就是，再怎麼塗上

「止癢消炎」
「快速癒合」

的軟膏

不忍耐也不會有效果

我已經夠大了
還以為至少變得聰明不少⋯⋯

心上的傷口好像因為我
時而忍不住摳摳看
時而緊閉雙眼撕扯幾回
才留下傷疤

但留在心上的傷
明明比膝蓋上的傷脆弱幾百倍
怎麼反而放著不管呢？

我要說對不起

因為這傷痕不是你害的

你只是留下了傷口

但留下傷疤的

並不是你

而是無法忍耐、毛躁萬分的

我的心

來，思考一下吧！

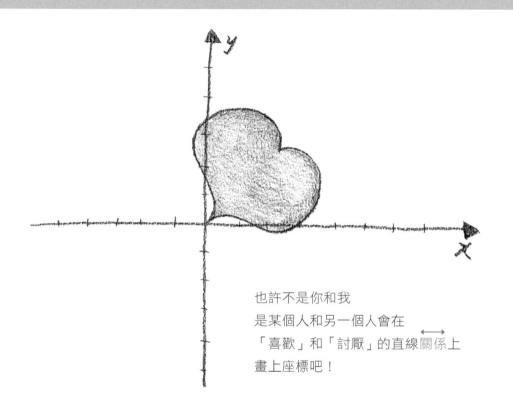

也許不是你和我
是某個人和另一個人會在
「喜歡」和「討厭」的直線關係上
畫上座標吧！

不管是「家人」、「朋友」那樣的初級群體
還是「學校」、「職場」那種的次級群體

都大概是
在「喜歡」和「討厭」中間的某處定好座標
維持這樣的關係吧！

但
總是有這麼一個例外

「戀愛」這一個座標
請‧務‧必
放在「喜歡」這個正軸上
才不會脫離關係這條直線

「討厭」這話簡直莫名其妙
「不討厭」或「算是喜歡」也是耍賴的說法
必須被放在「喜歡」這個正軸的無限區域中
「戀愛」才能以「戀愛」的形式存在

真是殘忍

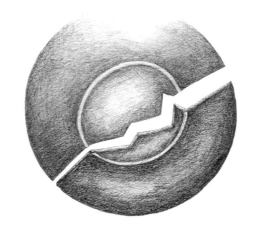

也許會有人說你和我是身在福中不知福
偶爾我也會羨慕離婚這件事
夫妻會在小小的誤會和幾句爭論後
為了分開而展開正式手續不是嗎？
決定分居，然後
經歷一段思考的時間
提交有法律效力的文件後
說句這段時間很快樂、很幸福，掰掰

果然還是野百合會先盛開

木蘭緊接在後

感覺才在公寓花盆上看到幾朵杜鵑

春天卻已經過得差不多了

要說是夏天卻還太早

正好在這時候，丁香正要綻放
最神奇的是我們不曾親眼見它盛開
總要聞到日落晚風中夾帶的一絲幽香
才知道：「啊，丁香花開了。」

春意盎然的花瓣很美，心型的葉子也很可愛
小學三四年級的時候吧，早熟的六年級姊姊問道：
「你有過初戀嗎？」說著話時一面摘下葉子
她說，丁香花的葉子是心型，不停慫恿我咬
說嚼嚼葉子就知道愛情是什麼滋味
於是我大口一嚼
哇！那酸味真是嚇人
姊姊咯咯笑著，笑聲令我氣惱

後來酸味始終留在嘴邊
我吐了幾口口水想擺脫那惱人的味道
卻一點也沒消散

丁香總在不知不覺間淡出
卻又這麼高調而來
丁香花型美好、香氣怡人
只是終究帶酸

「最後兩人便結了婚，過著永遠幸福快樂的日子。」

這種HAPPY→HAPPY→ENDING只存在童話中

「兩人決定退回到能互相提出忠告的好友關係。」

這種HAPPY→SAD→ENDING則只存在經紀公司的聲明稿中

就算我們彼此相愛

父母的反對或經濟壓力、甚至是宗教信仰的不同

都可能成為我們無法結婚的阻力

即使順利結成婚

疲弱的經濟能力、另一半的出軌

苦苦忍耐一次後又再次發生的二次出軌……

還有亂丟襪子

吹完頭髮不把滿地頭髮掃起來等等

荒唐的理由

都無法排除在製造離婚可能性的原因之外

如果愛情已走到這般田地

不如乾脆

餵飽律師的荷包或回饋給社會

這樣燃燒殆盡後的愛情，說不定還有點用處

儘管感覺頹喪艱辛，也鼓起勇氣吧！

沒有什麼分手可以是不傷心不丟臉的

但我們未來可以更好

ORDINARY→SAD→ENDING

說到**愛情**，

你曾經愛到什麼地步？

A.

我曾經在男友家門前淋雨，直到對方開門為止

其實也可以去便利商店買把傘

但就怕男友會在我不在的時候出現

而且說實話，那時也不是沒有「故意淋雨，好讓自己看起來更淒慘」的念頭

B.

我曾經喜帖都印好了才被毀婚⋯⋯

C.

我有買過筆電給男友，但分期都還沒付完就分手了

是啊，感情是結束了，分期卻還要繼續付

下個月才終於要付完

追加一項：

我曾經跟前男友和現任男友一起碰面

前男友一直追究我是不是在分手前就跟現任在一起了，還藉機亂發脾氣，真是無言

D.

我曾經偷偷和朋友的哥哥交往

每次見面心臟都跳得好快

一開始以為是對他心動，後來才發現是怕被朋友發現而緊張

我們交往一百天就分手了

後來，什麼都不知道的朋友還邀請我去她哥哥的婚禮，多虧了她，我還給前男友包了結婚紅包呢！

E.

欸欸，那算什麼！我還去警察局報警抓過男友！

那時他說下週三前急著要用錢，要跟我借三萬

我剛好準備要出門，也沒有去銀行的時間，所以說明天再借他

結果他居然找到家裡來，說他會自己去領，要我把金融卡給他

很荒唐，但我還是給了，剛好帳戶裡面還有兩萬八千元左右

隔天我去查才發現，他居然存了兩千塊，然後一次把三萬全領走了！

呵呵呵⋯⋯接著兩個月都找不到人

不過說到這傢伙，他特別躲我、完全不聯絡

卻在部落格上面一直裝闊，我實在受不了才去報警

直到警方開始調查，他才在那邊求我和解，之後不知是良心發現還是太害怕，一次匯了三萬給我

我可是拿到分手慰問費的女人啊！

雖然不過是區區兩千⋯⋯

我們是談了戀愛還是做了什麼？

唉，不是啦

跟那個人交往不是我們人生的污點
相信跟那個人分手是好運吧

來，喝一杯吧！

敬我的青春

聚散離合

회자정리

雖然相聚必定伴隨著分離

但從來不會是為了分手而開始交往

不要勸我世界就是這麼運轉的

這樣不成安慰

賽翁之馬 　새옹지마

在那個氣氛還滿喧騰、大家都有點醉的場合上

我一眼就被你吸引

在那之後交往了一年多

最後卻變成連臉書推薦好友中都不會出現的陌生人

而有點大咧咧、我可以發誓我們之間完全沒什麼的他

在三年後的今天

成了依然每月問候一次近況、能一起喝啤酒的朋友

於是，在遠方也依然燦爛的你，變成了災難

而即便在身旁卻很平淡的他，卻成了一盞燭光

多情有罪

無情無罪

有像暴風一樣席捲而來的離別
也有平平靜靜度過的別離
有那種想喝杯酒、大吐苦水的傷痛
也有那種想用一杯熱茶撫平的傷口

但是

沒有什麼分離不痛

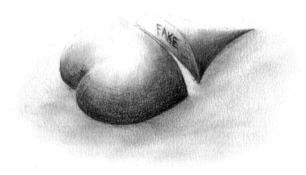

玩藝 36

沒有你的日子……

失戀告白情書，寫給你心中的歐巴

作　　　者／李殷佑
繪　　　者／南達理
譯　　　者／黃子玲
主　　　編／林巧涵
責任編輯／程郁庭
責任企劃／林倩聿
美術設計／果實文化設計工作室
董 事 長
　　　　　／趙政岷
總 經 理
總 編 輯／周湘琦
出 版 者／時報文化出版企業股份有限公司
　　　　　10803 台北市和平西路三段 240 號七樓
　　發 行 專 線／（02）2306-6842
　　讀者服務專線／0800-231-705、（02）2304-7103
　　讀者服務傳真／（02）2304-6858
　　郵　　　撥／1934-4724 時報文化出版公司
　　信　　　箱／台北郵政 79 ～ 99 信箱
時報悅讀網／ http://www.readingtimes.com.tw
生活線臉書／ https://www.facebook.com/ctgraphics
電子郵件信箱／ books@readingtimes.com.tw
法律顧問／理律法律事務所 陳長文律師、李念祖律師
印　　　刷／盈昌印刷有限公司
初版一刷／2016 年 7 月 8 日
定　　　價／新台幣 230 元

國家圖書館出版品預行編目(CIP)資料

沒有你的日子……失戀告白情書,寫給你心
中的歐巴 / 李殷佑作. -- 初版. -- 臺北市：
時報文化, 2016.07
　　面；　公分. -- (玩藝)
ISBN 978-957-13-6708-8(平裝)

862.6　　　　　　　　　　　105010887

ISBN 978-957-13-6708-8
Printed in Taiwan